Pardon Simon

*Pour Axel et Samuel que j'ai adoptés
en un clin d'œil... mamamia !*
Agnès

© 2013, Éditions Auzou
24-32 rue des Amandiers, 75020 PARIS

Direction générale : Gauthier Auzou ; Responsable éditoriale : Maya Saenz
Création graphique : Alice Nominé
Responsable fabrication : Jean-Christophe Collett ; Fabrication : Amandine Durel

Tous droits de traduction, de reproduction et d'adaptation strictement réservés pour tous les pays. Loi n° 49-956 du 16 juillet 1949 sur les publications destinées à la jeunesse.
ISBN : 978-2-7338-2430-6
Dépôt légal : septembre 2013. Imprimé en Italie par Grafiche.

Pardon Simon

Écrit par Agnès de Lestrade
Illustré par Ariane Delrieu

AUZOU romans Pas de géant

1   Les Zimmermann

Je me souviens très bien de la première fois que je t'ai vu. Ma mère m'avait emmenée chez toi, avec elle, parce qu'Oma, ma grand-mère, était malade et qu'elle ne pouvait pas me garder. Depuis quatre ans, ma mère travaillait pour tes parents comme domestique.

Ce matin-là, nous avions pris le car très tôt. Mes yeux étaient encore tout embués de sommeil. Par la fenêtre du bus, j'avais regardé la ferme devenir un petit point sur l'horizon, et les champs de grand-père disparaître derrière la colline. Et puis je m'étais endormie contre l'épaule de ma mère.

Un bruit assourdissant m'avait tirée de mes songes. Le bus venait d'entrer dans la grande ville. Déjà, les passagers se levaient pour attraper leurs sacs. Ils agitaient leurs bras, leurs jambes et leurs bouches dans une cacophonie qui me troublait.

Je me souviens encore des larges rues, des voitures qui klaxonnaient, des passants qui marchaient vite. Et des magasins. Il y en avait tellement que je n'arrivais pas à les compter. Mes yeux émerveillés s'écarquillaient comme des soucoupes :

— Regarde, maman ! Un magasin avec rien que des chaussures !

Chez nous, au village, on trouvait tout ce

qu'on voulait au bazar de Marie-Rose : le pain, le charbon et les chaussures. Ici, chaque boutique avait sa spécialité.

Ma mère sourit, ce qui était rare. Son visage était maigre et creusé. Avec le recul, je pense qu'entre le travail à la ferme et son emploi chez toi, elle n'avait pas beaucoup le temps de rire. Elle était souvent fatiguée et c'est pour ça qu'elle me criait dessus.

Nous descendîmes du bus les premières. Ma mère me prit la main, comme pour ne pas me perdre. Elle la serra très fort et bientôt, je ne sentis plus mes doigts.

— Mona, dépêche-toi, je suis déjà en retard. Et Mme Zimmermann déteste qu'on la fasse attendre !

J'avais du mal à respirer et mes jambes faisaient ce qu'elles pouvaient pour trotter à son rythme. Ma mère me semblait une géante tout à coup. Et la longue rue, un corridor sans fin.

— Tu seras sage, hein ? Promis ? Tu te mettras dans un coin et tu seras invisible. Tu entends Mona, INVISIBLE !

Je n'ai pas osé lui dire que, pour moi, ce mot ne voulait rien dire. Je n'avais que cinq ans après tout. Mais, à l'intonation sévère de sa voix, je compris le message.

Nous avons fini par arriver devant un porche en bois que ma mère poussa d'un geste brusque. Comme par magie, il s'ouvrit et je découvris un immense jardin avec des fleurs qui dégringolaient des jardinières, une fontaine en forme de soleil et un petit bassin. Je me penchais pour regarder les poissons rouges et les tortues qui nageaient à la surface.

— Ce n'est pas le moment de traîner ! Allez, Mona, viens !

Elle me tira par la manche et m'entraîna vers un grand escalier. Je posais mon pied sur une marche, et j'entendis un horrible craquement. Je regardais ma mère, guettant un reproche. Mais ses pieds avalaient l'escalier à la vitesse de l'éclair, en faisant exactement le même bruit.

Puis nous sommes entrées dans l'appartement. Je me souviens de l'odeur des meubles bien cirés, des tableaux aux murs, des tapis épais, des canapés en velours vert et des grandes tentures rouges qui pendaient aux fenêtres. Je n'avais jamais rien vu d'aussi beau.

Soudain, je t'aperçus. Tu semblais sortir d'un

des tableaux. Tu étais là, dans le long couloir, au volant d'une petite voiture bleue à pédales. Tu portais un pantalon à bretelles, un chandail avec un chat brodé et des chaussures qui brillaient comme des diamants. Des boucles brunes tombaient sur tes épaules et tes grands yeux noirs se posèrent sur moi. Ta bouche rouge et bien dessinée s'étira et tu me souris.

— Bonjour, comment t'appelles-tu ?

Je ne savais pas si je devais répondre. Est-ce qu'on parle quand on est invisible ?

— Et bien, petite courge ! Réponds ! Monsieur Simon t'a posé une question… Tu as perdu ta langue ?

Je baissais la tête et mes yeux tombèrent sur mes galoches usées :

— Je m'appelle Mona et je suis la fille d'Adrienne. Ma grand-mère est malade. Et moi, je suis…

Je cherchais le mot exact…

— ... invisible.

J'étais fière d'avoir prononcé un mot aussi savant.

— Quelle insolence ! coupa ma mère. Monsieur Simon ne t'en demandait pas tant.

Sa voix était montée dans les aigus. Sa bouche me souriait, mais ses doigts nerveux me pinçaient le haut du bras.

— Tu veux jouer à trappe-trappe dans le jardin ?

Ta voix était douce. Comme une caresse. Elle contrastait avec celle de ma mère.

Je ne savais si je devais dire « oui », « non » ou me taire. Ma mère me poussa rudement :

— Allez va jouer, puisque monsieur Simon te le propose si gentiment ! Mais sois sage !

Je te suivis dans le long couloir et nous rejoignîmes le jardin. Tu pris ma main et m'entraînas vers une petite cabane en bois, construite pour toi par le jardinier.

— On joue au papa et à la maman ?

Tu sortis deux baigneurs d'une boîte en carton et tu me les mis entre les bras. Je tenais nos enfants bien serrés contre moi comme des trésors. J'étais ta reine et tu étais mon roi.

Je ne retrouvais ma mère qu'en fin de matinée. Après la cabane, tu m'avais montré tes jouets. Mes yeux avaient brillé devant les billes multicolores, grosses comme des œufs de pigeons. Tu m'en avais offert une en me disant que je pouvais la garder. Je la glissais tout au fond de ma poche. Aujourd'hui, je l'ai encore.

Puis ta mère m'avait proposé de partager ton déjeuner.

— Si ça ne vous dérange pas, bien sûr, Adrienne ! avait dit Mme Zimmermann à ma mère, qui était en train d'éplucher les pommes de terre.

— Madame est trop bonne, dit ma mère avec une petite voix que je ne lui connaissais pas.

Et elle nous servit. Au menu, rôti de dinde, pommes frites et glace. Tandis que je sauçais mon assiette avec mon index, tu me regardais. Tes yeux étaient profonds comme un puits. Pas un puits noir : un puits avec de l'eau claire et fraîche.

Je ne sais pas si on peut tomber amoureux à cinq ans, mais à l'intérieur de moi, c'étaient du feu, de la glace, de l'orage et la douceur du soleil quand il disparaît derrière les collines. Toi dans mon cœur, c'était tout ça à la fois. Je n'avais que cinq ans, mais avant toi, j'en étais sûre, je n'avais jamais aimé personne.

2 Le cousin Louis

J'avais dix ans, en 1939, quand la guerre éclata. Et presque treize, quand tu es venu vivre chez nous.

Je n'oublierai jamais ton visage blanc et tes yeux creusés quand tu es sorti de la camionnette de mon père. Le petit garçon que j'avais connu, potelé et joyeux, s'était envolé.

J'avais devant moi un adolescent maigre,

aux vêtements sales et aux yeux inquiets.

Avant la guerre, je ne savais même pas ce que voulait dire « juif ». Quand la guerre a éclaté, j'ai vite compris : juif, c'était ce qu'il ne fallait pas être.

— Juif, m'ont expliqué mes parents, c'est une religion. Comme catholique.

— On en connaît nous, des juifs ?

Ma mère avait baissé la tête, comme si elle avait honte. Puis elle avait murmuré :

— Oui, mes patrons. Les Zimmermann.

C'est comme ça que j'avais appris que tu étais juif. Pour moi, ça ne changeait rien. Au contraire. Mes sentiments pour toi sont devenus encore plus forts.

Quand tu as débarqué ce matin de juillet 1942, je t'ai sauté au cou. Sans réfléchir, je t'ai embrassé sur les deux joues. Puis j'ai sorti la bille de ma poche.

— Tu te souviens, Simon ?

Pendant un instant, dans tes yeux, j'ai revu mon Simon. Celui qui avait cinq ans, une voiture bleue à pédales et une cabane de roi dans son jardin. Lentement, tu as tendu tes bras vers moi et, tout en étouffant un sanglot, tu m'as serrée contre toi. Je respirai ton odeur. Une odeur de poussière et de sueur.

— Ne l'appelle pas Simon ! chuchota ma mère d'un ton sec. Pour tout le monde ici, c'est Louis. Tu entends, Mona ? C'est Louis, ton cousin du Nord ! Nous l'avons accueilli chez nous parce que son père est à la guerre et que sa mère est morte de la diphtérie.

Elle avait dit ça très vite en tournant la tête dans tous les sens.

Je connaissais l'histoire par cœur. Mes parents me l'avaient fait répéter tous les soirs pendant une semaine.

— Louis, (j'appuyais bien sur chaque syllabe), je te montre ta chambre…

Je me demandais ce que ça me ferait si on m'appelait Lise ou Géraldine du jour au lendemain. Je me demandais ce que ça me ferait si on me prenait ma maison, mes parents, ma vie…

Je te regardais et soudain, je te trouvais fort. Tu étais vivant, tu respirais, tu m'avais même souri pendant un court instant.

Est-ce qu'on pouvait être vivant dehors et mort à l'intérieur ?

Je pris ta main comme toi la mienne autrefois dans ta maison au grand porche et je t'entraînais vers une pièce au fond de la maison.

J'essayais de voir mon univers à travers tes yeux. Chez nous, il n'y avait pas de tapis épais ni de tentures, mais des gros carreaux gris et des rideaux en dentelle. Chez nous, on ne portait pas de belles tenues coupées dans des tissus précieux comme en portait ta maman. Ici, c'étaient tabliers et combinaisons à grosses fermetures Éclair, tous les jours de la semaine sauf le dimanche. Nos mères avaient à peu près le même âge, mais la mienne faisait dix ans de plus. Avec son visage buriné par le soleil et ses mains abîmées par le travail. Je ne l'avais jamais vue se maquiller et pour se coiffer, elle tirait ses cheveux en arrière et elle les attachait avec un élastique. Chez nous, on ne se parlait pas avec des jolies phrases bien tournées. Notre langage ressemblait plus à des onomatopées. Et surtout, on ne se parlait pas beaucoup. Parler beaucoup, c'est un truc de riches.

Par contre chez nous comme chez toi, on s'aimait, ça oui ! Si mes parents travaillaient autant, c'était pour moi, pour me laisser la ferme un jour. Quand ils tuaient un poulet, ils me laissaient toujours le meilleur morceau et quand on mangeait une laitue du potager, c'était moi qui avait le cœur. Qu'est-ce que tu pensais de notre vie ici ? Qu'est-ce que tu pensais de moi ?

Je te poussai dans la petite pièce aux murs blancs :

— Voilà. C'est ici chez toi. J'espère que tu seras… bien.

Je me rendis compte à ce moment-là que le mot n'était pas juste. Que les mots, parfois, pouvaient nous trahir : comment pouvais-tu

être « bien » ? Tes parents venaient d'être jetés dans un train et déportés en Allemagne dans un camp de travail. Ils avaient à peine eu le temps de te mettre à l'abri. Alors comment pouvais-tu te sentir « bien » ?

Je touchai ta main pour te rejoindre au-delà des mots. Ta bouche me sourit, mais pas tes yeux. Je pris une voix faussement enjouée :

— Installe-toi et rejoins-moi dehors. Il est tant que tu apprennes à traire les vaches !

3 La fuite

J'ai tout de suite compris que les animaux avaient un pouvoir sur toi. Eux ne parlaient pas. Ils se fichaient bien de savoir si tu t'appelais Simon ou Louis, si tu étais juif ou catholique. Ils ne te posaient pas de questions, ne s'inquiétaient pas de ton humeur. Ils te prenaient comme tu étais. Entre vous, ce fut le coup de foudre. Particulièrement avec Bénédicte, notre vache à la croupe blanche et à la tête noire. Tu as appris à la traire avec douceur et elle se laissait faire sans bouger. Tu buvais ensuite le lait fraîchement sorti de son pis à même le seau jusqu'à en avoir partout sur les joues. Tu aimais aussi caresser les moutons, te laisser courser par l'oie Ginette et nourrir les poules. Leur manière de se précipiter sur la nourriture te faisait rire.

Et puis nous rentrions à la maison et le voile de tristesse reprenait sa place dans tes yeux. Te retrouver dans une famille qui n'était pas la tienne, une famille entière, que personne n'avait coupée en morceaux, c'était pour toi insupportable.

C'est alors que j'eus une idée. Chaque matin, pendant une semaine, je me levai avant toi et filai à la lisière de la forêt. Avec des branches, des feuilles et des bambous, je construisis une cabane. Pas la même que dans ton jardin. Mais une cabane tout de même. Avec une porte bri-

colée en ficelles et en planches, une fenêtre, une table, des tabourets en rondins et un lit fait de mousse. Au bout d'une semaine, j'avais les jambes écorchées et les mains en sang, mais j'étais fière de moi.

Alors un soir, à l'heure où le soleil se couche, je t'ai bandé les yeux et je t'ai emmené dans la forêt.

Tu me suivais confiant. Ce jeu te plaisait.

Tout ce qui sortait de l'ordinaire te plaisait. Comme si l'ordinaire te faisait peur. Jusqu'à tes dix ans, tu avais vécu l'ordinaire en toute sécurité, pensant que le monde était doux et sans accrocs. Pour toi, la vie était confortable, tes parents affectueux. Tu étais le petit prince de leur royaume et jamais tu n'aurais pu imaginer qu'il puisse en être autrement. Pour toi, le monde ressemblait à ton jardin, avec de l'herbe verte, des fleurs de toutes les couleurs et des poissons rouges bien nourris.

Et puis, l'Allemagne avait déclaré la guerre à la France. Et le chef des Allemands, Hitler, n'aimait pas les juifs. Il les haïssait même, au point de vouloir leur disparition. Au début, tes parents ont dû se rendre à la mairie pour vous inscrire comme juifs. Et puis, ton père n'a plus eu le droit d'exercer son métier de médecin. On vous a ordonné de coudre sur vos habits une étoile jaune. Vous avez été insultés, traités de

« sales juifs ». On vous a pris vos maisons, votre argent, vos amis. On vous a isolés et puis un jour, on vous a emmenés. Raflés. Tout ça, tu me l'as dit, une nuit, après un cauchemar. Alertée par tes cris, je t'avais rejoint dans ta chambre et, comme le ferait une maman, je t'avais bercé. En pleurant, tu m'avais raconté que la Gestapo avait débarqué chez vous, un matin et avait tout cassé. Toi, tu dormais encore tranquillement à l'étage. Tes dernières minutes de vie ordinaire. Les bris de verre et les aboiements des chiens t'avaient réveillé et tu étais descendu. En t'apercevant sur le seuil, ta mère s'était figée. Tu avais eu le temps de voir ses cheveux en bataille et du sang sur sa joue. Elle avait bougé lentement les lèvres et tu avais compris. En silence, tu étais remonté te cacher dans le grenier, sous un tas de vieux matelas poussiéreux. Tu t'étais aplati jusqu'à disparaître et quand la Gestapo avait fouillé le grenier, tu étais aussi invisible que l'air.

Parfois les bruits sont pires que les images. Pendant des heures, tu avais entendu des voix criant des ordres en allemand. Tu avais enfoncé tes doigts dans tes oreilles comme pour faire disparaître toute cette horreur. Mais les bruits des coups avaient traversé le fin plancher du grenier. Les cris de ta mère, les hurlements de ton père étaient gravés pour toujours dans ta mémoire.

Et puis, les portes avaient claqué et le silence avait envahi ta maison. Tu avais attendu toute la journée avant d'oser quitter ta cachette.

Le soir, comme un zombie, tu avais rejoint le salon, piétinant les vases brisés et les tentures arrachées. Tu t'étais dirigé droit dans le bureau de ton père. Tu avais ouvert le deuxième tiroir et au milieu de feuilles blanches, tu avais trouvé un mot :

> Adrienne Lasso, ferme des Lilas,
> chemin Petit Thomas, Cerrennes-sur-Loire.
> Téléphone : épicerie Marie-Rose 658 432 098.

L'adresse de ma mère valait tous les mots d'amour.

Tu avais mis quatre jours à nous joindre. Comme tu avais peur de rester chez toi, tu t'étais caché dans l'endroit qui te semblait le plus sûr : les égouts. Ta phobie des rats, de la crasse et du noir avait disparu d'un seul coup. À l'intérieur de toi, tu étais comme anesthésié. Coupé de toi-même. Et c'est grâce à ça que tu avais tenu bon. Tu avais regardé les rats courir le long des murs et grimper sur tes pieds sans ciller. Pour toi, les rats avaient désormais le visage des nazis.

4   **Tenir**

Quand tu parvins au seuil de la cabane, j'ôtai le bandeau de tes yeux. Tu clignas un peu avant de découvrir… mon œuvre !

— Mona ! C'est… magnifique !

Le malheur n'a aucun avantage. Si ce n'est de rendre sincère. Tu n'étais pas un menteur ni un beau parleur. Chaque mot que tu prononçais comptait. Tu étais brut comme un caillou, transparent comme de l'eau.

— C'est toi qui as fait ça ?

J'aimais l'admiration qui perçait dans ta voix. J'aimais tes yeux foncés posés sur moi. Je retrouvais la caresse de ta voix, mes souvenirs d'enfance. Cette seule et unique journée chez toi l'année de mes cinq ans, j'avais passé des heures à la revivre en rêve.

Parfois, une pensée me traversait. Une pensée si horrible que j'osais à peine me l'avouer. La guerre, bien sûr, je la détestais. Elle tuait les hommes du village, elle grignotait notre vie de tous les jours, elle n'apportait qu'angoisse et peur. Et pourtant, grâce à elle, tu étais là, avec moi. Chaque jour, je me réveillais et je courais dans ta chambre pour te regarder dormir. Tu étais là, recroquevillé sur ton lit comme un bébé, parfait, doux et beau. Tout à moi. Alors parfois, en secret, je remerciais la guerre.

Tu poussas la porte en corde de la petite

cabane et tu t'allongeas sur le lit de mousse. Tu regardas les arbres se pencher par la petite fenêtre et tu murmuras :

— Merci, Mona.

J'avais envie de t'embrasser. J'étais amoureuse de toi depuis le premier jour et cet amour ne m'avait pas quittée. Il avait grandi dans mes rêves et il grandissait encore plus aujourd'hui. Il me donnait les joues rouges, le cœur battant. Et il me faisait mal aussi. Et une seule question m'obsédait : et toi, qu'est-ce que tu ressentais pour moi ? Est-ce que j'étais comme une sœur, une cousine, une amie ou est-ce je pouvais être autre chose un jour ? Je guettais tes regards et tes gestes, mais je ne décelais rien.

Tu tapotas la place à côté de toi et je te rejoignis. Je m'allongeai contre toi. Nous étions si proches que j'entendais ton cœur battre. Nous aurions pu rester des heures comme ça sans parler. Mais au loin, j'entendis la cloche qui

nous appelait pour le repas. Avant de quitter la cabane, je te montrai un petit panneau de bois dissimulé sous les branchages et sur lequel j'avais gravé : « La cabane de Simon ». De Simon, pas de Louis. La tienne. Pas celle de mon faux cousin. Je ne voulais pas que tu sois mon cousin. Je voulais que tu sois Simon, mon amoureux. Une petite larme perla dans tes yeux. Tu me serras un instant dans tes bras et nous prîmes le chemin du retour.

Quand la chaleur commença à grimper jusqu'à 37 degrés, nous allâmes à la rivière. Il fallait marcher un quart d'heure au milieu des ronces pour l'atteindre. Tu semblais heureux à l'idée de te baigner. Et puis, c'est là que tu rencontras Bastien. Bastien était mon copain d'enfance. Ses parents, comme les miens, avaient une ferme et ils échangeaient des services de bon voisinage. L'un prêtait son tracteur à cheval, l'autre aidait pour les foins. Avec Bastien, on se connaissait depuis toujours.

Bastien n'était pas la vache Bénédicte, mais il te faisait le même effet : il te distrayait de ton chagrin.

D'abord, il t'apprit à pêcher et ce n'était pas gagné. Je ris devant ta grimace quand il fallut embrocher le ver de terre sur l'hameçon. Je ris aussi devant ton impatience. Dès que l'eau de la rivière frémissait un peu, tu levais ta canne à pêche en criant :

— J'en ai un ! J'en ai un !

Souvent, nous pique-niquions tous les trois en surveillant nos cannes à pêche d'un œil distrait. Des repas faits de pain et de pommes de terre bouillies, mais qui nous mettaient en joie. Parfois, Bastien amenait du cidre fabriqué par son tonton. Et nous le sirotions en pensant qu'à

cet instant nous étions les rois du monde.

La guerre nous apprenait à vivre. Nous ne mangions pas autant qu'avant, même si nous étions mieux nourris que les habitants des villes. Nous pouvions boire le lait de nos deux vaches, manger les œufs de nos poules et de notre oie, fabriquer notre farine avec le blé cultivé dans notre champ. Nous étions gâtés. Souvent, je m'étonnais : pour un fils de riche, tu ne te plaignais jamais, tu étais content de tout et tu passais ton temps à nous remercier. Je te soupçonnais même de ne pas toujours manger à ta faim. Comme si tu nous ôtais la nourriture de la bouche. Comme si tu étais de trop ici et sur cette terre. Mes parents te traitaient comme si tu faisais partie de la famille. Tu participais aux travaux de la ferme, à ceux de la maison, tu bêchais le petit potager quand mon père te le demandait. Mais malgré tout, tu restais en dehors. Tu étais une famille à toi tout seul.

Amputée peut-être, mais une famille quand même. Tu représentais les Zimmermann, libres, juifs et fiers de l'être.

5 — Le retour à la réalité

La chaleur augmenta jusqu'au 15 août et puis ce fut la période des orages. Violents, comme souvent par ici. Un soir, alors que nous dînions au son du tonnerre, guettant les éclairs qui zébraient le ciel, on frappa à la porte. Qui pouvait bien être dehors à cette heure-ci et surtout par un temps pareil ?

Mon père ouvrit et un homme apparut.

Il portait l'uniforme allemand. Il n'était pas très grand, pas très costaud, mais il dégageait quelque chose d'effrayant. Ses bottes claquèrent comme un fouet sur le sol et il dit :

— Compagnie 13 cherche logement pour la nuit. Vous, être réquisitionnés !

Et il tourna les talons.

Nous nous regardâmes en silence, chacun retenant son souffle. Nos yeux se fixèrent sur Simon. Il n'était pas blanc, il était gris. Son visage avait pris la couleur du ciel. Son front était mouillé, ses yeux vitreux.

Nous n'avons pas eu le temps de dire quoi que ce soit. L'officier revint avec trois de ses hommes et il désigna ma mère :

— Nous avons faim. Fais-nous manger.

Puis, il se tourna vers notre tablée en criant :

— Et vous, disparaissez !

Il ne fallut pas me le dire deux fois. Comme une souris surprise en train de voler du fromage, je me précipitai vers ma chambre qui semblait le seul abri possible.

Simon ne m'avait pas suivie. Je regardai en direction de la cuisine et je le vis, figé. On aurait dit que ses pieds étaient pris dans du ciment. Son visage était passé au gris-vert et la sueur glissait le long de ses tempes. Je me retins d'hurler son nom.

L'officier allemand le regarda attentivement puis il pointa son doigt sur lui en criant :

— Lui ! Qui est-ce ?

Les yeux de Simon étaient transparents. Il regardait droit devant lui. Je balbutiai :

— C'est Louis… mon cousin ! Il est… malade. Il a la… diphtérie.

Le mensonge était sorti tout seul. La figure de l'officier se tordit en une horrible grimace et il eut un mouvement de recul. Puis il indiqua la direction du couloir en criant :

— *Raus !*

Je saisis le bras de Simon. Je le secouai, le pinçai et, comme un automate, il finit par me suivre jusqu'à ma chambre. Puis il s'écroula sur le sol.

Mon cœur battait si fort dans mes oreilles que je n'entendis pas ses premiers sanglots.

Quand ils s'amplifièrent, je mis ma main sur sa bouche pour tenter d'assourdir le bruit de sa détresse.

Cette nuit-là, Simon, mes parents et moi avons dormi tous les quatre dans la grange à foin située de l'autre côté du champ. Le plus loin possible des monstres qui avaient envahi notre maison avec leurs grandes bottes, mangé notre repas et volé nos lits.

Au petit matin, nous avons entendu au loin le moteur du camion démarrer. Puis le bruit avait diminué jusqu'à disparaître.

Nous avons mis du temps à quitter notre refuge. Comme si leurs fantômes pouvaient hanter notre ferme.

Puis nous avons émergé un par un, comme des petites marionnettes. Nos traits étaient tirés et de petites poches noires cernaient nos yeux. Nous n'avions pas dormi de la nuit, guettant le moindre bruit suspect.

En bon chef de famille, mon père sortit le premier. Il marchait lentement comme pour ne pas réveiller les ombres. Nous le suivîmes sans rien dire jusqu'à la ferme.

Puis il entra dans la grange.

Soudain, nous entendîmes un cri. Mon père surgit, les mains sur la tête en criant :

— Les bêtes ont disparu ! Ils les ont emmenées !

Il tomba à genoux sur le sol :

— Mon dieu, comment ont-ils osé ?

Dans la grange, il ne restait que des plumes et des coquilles brisées. La vache Bénédicte, que tu aimais tant, n'était plus au bout de sa corde. Les poules, l'oie Ginette et nos deux moutons avaient disparu eux aussi. Les soldats allemands nous avaient dérobé ce que nous avions de plus cher. Ils ne nous avaient laissé que nos vies.

6 Faustine

À partir de ce moment-là, tu trouvas refuge dans la cabane, refusant de dormir dans la maison. Je te portais de l'eau et de la nourriture que tu touchais à peine.

Tu ne parlais plus. De tes yeux vides, tu fixais la petite fenêtre de bois par laquelle entrait le jour.

Mes parents ne savaient pas quoi faire. Ils avaient essayé de te forcer à dormir à l'intérieur.

Mais en entendant tes hurlements, ils avaient renoncé.

— Occupe-toi de lui et fais au mieux, avait dit mon père. Je compte sur toi, ma Monette !

Mon père avait bien assez de son chagrin. Perdre les bêtes, ce n'était pas juste une question de nourriture. Dans nos cœurs, c'était un grand vide. Ils nous manquaient tous : la vache Bénédicte, Sancho le petit taureau, Ginette, l'oie espiègle.

Alors, je pris l'habitude de rester avec toi dans la cabane, ne rentrant à la maison qu'à la nuit tombée. Au début, je te parlais, attendant des réponses qui ne venaient pas. J'essayais d'extraire le chagrin de toi comme un chirurgien couperait une partie malade sur un membre. J'ai tout tenté : les mots doux au creux de ton oreille, les caresses sur ton front. Je t'ai même chanté les berceuses de mon enfance. Et puis j'ai fini par me mettre en colère :

— Tu n'as pas le droit de me faire ça, Simon ! Tu dois réagir. Pour nous, pour tes parents…

Mais je ne récoltais que ton silence. Alors je pris place au pied du lit de mousse comme un chien au pied de son maître.

Un après-midi que tu dormais, je quittai la cabane et rejoignis la rivière. J'avais besoin d'air. J'avais envie de retrouver mes pensées. Tout en marchant sur le chemin, je réalisai que ton silence m'étouffait.

Je fus étonnée de trouver une fille de mon âge qui pêchait avec Bastien. Je ne l'avais jamais vue au village. Elle était grande et fine et avait des seins qui pointaient sous sa chemise. La jalousie me pinça le cœur : mes seins à moi n'étaient que

deux petits boutons de roses que je surveillais dans le miroir, comme le lait sur le feu.

La fille était brune avec des cheveux raides qu'elle portait attachés en queue de cheval. Ses yeux étaient baissés, comme si elle hésitait à me regarder en face.

— Alors, ça mord ? dis-je en m'approchant.

J'embrassai Bastien et tendis ma main vers l'inconnue.

— Mona, je te présente Faustine, ma cousine, dit Bastien en tournant légèrement la tête.

Je fixai ses yeux noirs comme du charbon. Cousine ? Et puis quoi encore ! Je la questionnai, mais devant son air gêné, je choisis de me taire. Je piquai une tête dans l'eau fraîche de la rivière et je rentrai à la cabane.

J'avais hâte de te raconter ma rencontre.

— Tu sais ce que je crois, Simon ? C'est que cette fille, elle est comme toi !

Croyant parler à un mur, je m'apprêtai à

poursuivre mon monologue, faisant les questions et les réponses. Mais, à ma grande surprise, tu clignas des paupières. Pour la première fois depuis des jours, je vis une réaction sur ton visage. Tu te redressas sur le petit lit de mousse :

— Comme moi ? Tu veux dire… juive ?

J'étais abasourdie. Tu parlais, tes yeux bougeaient, pétillaient presque. Je faillis me jeter sur toi pour te couvrir de baisers, mais je me retins. Calmement, je répondis :

— Juive, oui, c'est exactement ça !

Dès le lendemain matin, tu dévoras ton morceau de pain avec le morceau de saindoux, avala un bol de chicorée et déclara :

— Je suis prêt. Allons à la rivière.

7   Trahis

J'aurais dû le voir venir. J'aurais dû savoir qu'on pouvait te voler. Tu étais mon trésor, celui que je gardais jalousement. Tu étais mon amoureux secret et un jour, tu m'aurais aimé comme je t'aimais. Je serais bien incapable de compter le nombre de rêves où nous étions amoureux, où tu me serrais contre toi, où tu embrassais mes cheveux et même ma bouche. Dans le plus beau de tous mes rêves, nous étions mariés et nous vivions dans ta belle maison au porche en bois. Nous avions deux beaux enfants bruns qui couraient dans le jardin, jouaient dans la cabane, donnaient à manger aux poissons rouges. Qui pouvait me prendre mes rêves ?

Elle. Voilà la réponse. Dès votre premier regard, elle t'a volé à moi. Ça ne s'explique pas. C'est comme ça. Ça se passe sous vos yeux et vous ne pouvez rien faire pour l'empêcher.

Elle avait un avantage sur moi : elle était juive. Tu l'as su dès que tu l'as vue. Faustine, Salomé ou Rachel, peu importait. Tu t'appelais bien Louis et Simon.

Parfois, dans la vie, les mots ne sont pas nécessaires. Trop de mots peuvent tuer. Pas assez aussi. Mais le silence, ce silence entre vous, oh oui, j'en fus tout de suite jalouse.

Quand vous vous êtes regardés la première fois, c'est comme si Bastien et moi avions disparu du paysage. Pfft ! Envolés, les faux cousins. Envolés, le gentil Bastien et la brave Mona si dévouée. Soudain, j'ai eu l'impression de ne plus exister. Invisible, je venais de comprendre ce que ça voulait dire.

Alors pour combler ce vide dans mon cœur, j'ai convié la haine. Une belle haine bien solide comme une pierre. Elle a pris possession de moi et je l'ai laissée m'envahir comme le lierre sur les murs. Cette haine, elle allait me sauver, même si elle pouvait te perdre.

Maintenant, nous allions chaque jour à la rivière. Et chaque jour, je voyais vos regards qui me brûlaient. Bastien, lui s'en fichait. Il était bien trop occupé à compter ses poissons. Mon cœur était rongé de l'intérieur. Je venais de comprendre que tu ne serais jamais amoureux de moi. Que tu n'aimerais qu'une juive. Comme elle.

Je commençais à penser que si on voulait vous éliminer, vous les juifs, c'était peut-être pour de bonnes raisons. Pour cette seule pensée, j'aurais dû mourir.

Alors, j'ai commencé à refuser d'aller à la rivière, pensant que tu resterais avec moi, comme j'étais restée avec toi. Je pensais que tu comprendrais, que tu verrais ma tristesse. Mais tu ne vis rien et tu continuas à y aller. Seul.

Pendant des heures, allongée sur le lit de mousse, je vous imaginais tous les deux, vous baignant dans la rivière, riant, vous frôlant peut-être. Mes pensées, c'étaient du poison.

C'était à mon tour de ne plus manger ni boire. Mes parents commencèrent à s'inquiéter. Ma mère me donna un genre de potion qu'elle fabriqua avec des plantes du potager. Mais je n'étais pas malade d'une maladie qu'on guérit. J'étais malade d'amour. Enfin, c'est ce que je croyais du haut de mes treize ans. Aujourd'hui, je le sais, l'amour, ce n'est pas ça. L'amour, c'est vouloir le bien de l'autre plus que le sien.

Alors un jour, n'y tenant plus, je courus à la rivière. Les ronces du chemin s'accrochaient comme des serpents à ma robe, s'enfonçant dans mes mollets. Mais je ne les sentais pas. Je courus sans m'arrêter.

Sur les berges de la rivière, je vis les cannes à pêche abandonnées, le seau vide. Je fermai les yeux et sans même reprendre mon souffle, je me remis à courir, en suivant les traces de vos pas.

La sueur coulait le long de mon dos et je ne sentais plus mes jambes. Bientôt, j'atteignis la petite route qui menait au village. Mes jambes me portaient. Je comptais sur elles pour me mener jusqu'à toi. Mon corps ne me trahirait pas. Si je ne pouvais pas compter sur toi, je pouvais compter sur moi. Je vis au loin le clocher du village, j'entendis les quatre coups. Je ne courais plus, je volais.

Le bazar de Marie-Rose venait juste d'ouvrir. Marie-Rose me salua de la main et je ne pris même pas la peine de lui répondre. La vieille madame Hortense était sur le banc devant sa maison, scrutant la rue comme si c'était un spectacle. Petit Roland promenait son chien. C'était le village comme je l'avais toujours connu. Seul le bar était vide. La plupart des hommes étaient à la guerre. Je remarquai alors le silence de mort.

Et puis je te vis. Adossé contre le platane

sur la place de l'église. Elle, elle n'était pas loin puisqu'elle était dans tes bras.

Le creux de tes bras, c'était MA place. Je m'y étais blottie bien souvent en rêve. Ce creux, ton cœur, tes bras, ils étaient MA propriété.

La sueur sur mon front dégoulinait dans mes yeux. Mes yeux étaient embués, ma respiration saccadée. Je me précipitai sur vous.

Tu posas le premier tes yeux doux sur moi.

Comme ils me faisaient mal tes yeux doux ! Ils me vrillaient le cœur.

Soudain, je me pliai en deux de douleur. On aurait dit que mon ventre se déchirait. L'air n'entrait plus dans ma gorge. J'étouffais. Tu te précipitas sur moi.

— Mona, Mona ! Qu'est-ce qu'il y a ?

Comment te dire ? Comment te raconter ma vie depuis que j'avais cinq ans, mes rêves de toi, mon amour empoisonné ?

Alors, dans un sursaut, je me redressai et je hurlai :

— Ne me touche pas, Simon ! Ne me touche pas !

Tu me regardas, éberlué. Je continuai :

— Enlève tes sales pattes de là ! Tu n'es qu'un…

Le mot était coincé dans ma gorge. Puis il jaillit comme un morceau de viande mal digéré :

— … qu'un sale juif !

Ça y est, je l'avais dit. Hurlé même. Ce mot criminel. Ce gros mot. Ce mot que d'ailleurs je ne comprenais pas vraiment. Je te l'avais craché au visage comme une insulte.

Tu me lâchas aussi brutalement que si tu t'étais brûlé sur la flamme d'un feu. Tu me fixas et c'est la dernière fois que je vis tes yeux.

8 La photo

C'était plus qu'une insulte. Mon cri était un aveu, une dénonciation. Je jure devant Dieu que ce n'est pas ce que je voulais. C'était pourtant bien ce que j'avais fait.

Madame Hortense avait soudain quitté son banc et elle était rentrée chez elle. Petit Roland avait pris son chien dans ses bras et il était parti en courant. Et j'avais compris ce que je venais de faire.

On ne reprend pas les mots comme on reprend un objet. Les mots sont jetés et puis ils entrent dans des oreilles et ressortent par des bouches et on n'y peut rien. Quand on les a lancés, ils peuvent arriver n'importe où. Dans des cœurs mal intentionnés.

Tu le compris tout de suite. Je te vis disparaître aussi vite que l'éclair, tenant Faustine par la main. Je te vis courir vers la forêt et je vis les arbres se refermer sur vous.

Je ne te revis plus jamais. La cabane resta vide. Tu disparus pour toujours. Jusqu'à aujourd'hui, je ne sus pas si tu étais vivant.

J'aurais pu te rechercher après la guerre. Mais j'avais bien trop peur. Quand j'appris que des millions de juifs étaient morts dans des camps, je pensais que tu étais parmi eux.

Je t'avais tué. Ma haine t'avait tué. Quand on aime à ce point, ça s'appelle de la haine. J'ai eu toute une vie pour y penser.

Alors quand je reçus ta lettre, mon cœur bondit. Il se réveilla d'un long sommeil. Tu étais vivant ! Je n'avais tué personne, je n'étais pas coupable. Ma poitrine se souleva et je poussai un long soupir. Avec ta lettre, il y avait une photo. Je reconnus les yeux charbon de Faustine. Il y avait aussi un homme, une femme, déjà d'un certain âge et deux jeunes gens. Je retournai la photo et je lus : « Sur la photo, c'est Sarah et moi, (elle s'appelait donc Sarah), notre

fils Isaac et notre fille Mona ainsi que nos deux petits-enfants, Madeleine et Louis. »

Je sentis les larmes sortir de mes yeux et dévaler mes joues. Je sentis un poids mort quitter ma poitrine et l'air entrer par toutes les fenêtres de mon cœur.

Alors j'ouvris mon petit coffre en bois posé sur ma table de chevet et j'attrapai la bille. Celle que tu m'avais offerte quand j'avais cinq ans. Je caressai le verre fendu, regardai la lumière qui filtrait à travers et tout en laissant les larmes couler, je murmurai :

— Pardon Simon.

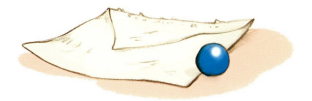

Découvre les autres héros de la collection **Pas de géant** !

Animaux - Aventure

Charlie vient d'atterrir au Congo. Son père, **vétérinaire**, a décidé de reprendre un refuge pour **animaux sauvages** laissé à l'abandon. Grâce à Gaby, Charlie finit par comprendre que ce **nouvel univers** est loin d'être menaçant et peut même être fascinant. Charlie pourra-t-elle, elle aussi, participer à **l'aventure** initiée par son père ?

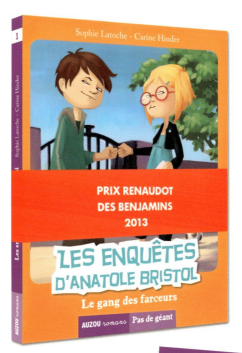

Enquêtes - Amitié

Anatole, ce qu'il aime dans la vie, ce sont
les enquêtes, les mystères, les énigmes...
Son terrain de prédilection : la cour de récréation.
Et justement, en ce moment, d'étranges événements
se succèdent dans sa nouvelle école...
Il est temps pour Anatole d'attraper ses fiches bristol et
surtout... **le gang des farceurs !**

Enquêtes - Amitié

Anatole et Philo enquêtent dans un **camp d'Indiens**…
Et pas n'importe lequel : celui où leur maîtresse
les a emmenés pour une semaine de classe verte.
Mais rien ne va plus, **les disparitions et les mystères
s'enchaînent**… Y a-t-il un détective dans la classe ?

Table des matières

Chapitre 1
Les Zimmermann..5

Chapitre 2
Le cousin Louis 15

Chapitre 3
La fuite...23

Chapitre 4
Tenir 31

Chapitre 5
Le retour à la réalité..39

Chapitre 6
Faustine..47

Chapitre 7
Trahis 53

Chapitre 8
La photo 63

Un petit mot de l'auteure et de l'illustratrice

Ne croyez pas que je n'écris que des histoires tristes ! Je me prends parfois pour une girafe espiègle ou un éléphant de mauvaise humeur.
Pardon Simon se déroule pendant la Deuxième Guerre mondiale. Mes deux grands-pères l'ont vécue. L'un d'eux a été prisonnier des Allemands pendant cinq ans. Il avait adopté un rat pour lui tenir compagnie. Mon père avait six ans quand il est rentré. Mon beau-père a été envoyé au camp de Buchenwald.
Dans les épreuves, les êtres humains gardent souvent l'humour et surtout l'espoir. *Pardon Simon* est avant tout une histoire d'amitié et d'amour que même la guerre ne peut pas tuer.

Agnès de Lestrade

J'espère avoir retranscrit dans mes illustrations tout le dynamisme de Mona, mais aussi ses faiblesses, ainsi que les blessures de Simon. Leur histoire est faite de tous ces éléments qui s'entrechoquent, c'est ce qui la rend touchante, et c'est avec un grand plaisir que je l'ai illustrée...

Ariane Delrieu